# 最好的时光

李荣茂 ◎ 著

长春出版社
全国百佳图书出版单位

图书在版编目（CIP）数据

最好的时光 / 李荣茂著. -- 长春：长春出版社，
2025. 1. -- ISBN 978-7-5445-7639-0

Ⅰ. I227

中国国家版本馆CIP数据核字第20241ZE623号

## 最好的时光

著　　者　李荣茂
责任编辑　朱　红
封面设计　宁荣刚

出版发行　长春出版社
总 编 室　0431-88563443
市场营销　0431-88561180
网络营销　0431-88587345
地　　址　吉林省长春市南关区长春大街309号
邮　　编　130041
网　　址　www.cccbs.net

制　　版　长春出版社美术设计制作中心
印　　刷　长春天行健印刷有限公司

开　　本　880mm×1230mm　1/32
字　　数　96千字
印　　张　7.5
版　　次　2025年1月第1版
印　　次　2025年1月第1次印刷
定　　价　49.80元

# 目录

第三辑　时光在美：
　　　　最好的时光

# 第一辑　生活在场：

## 我看见一块石头逆流而上

## 那些青草，笑了

在非洲，在塞伦盖蒂
一头落单的水牛，不得不
单挑，一头离群的雄狮

为了活着，它们都拼尽了全力

经过一番殊死的争斗，双方都
安静下来，彼此静卧在不远处
开始，漫长的等待……

两天后，雄狮死了
三天后，水牛死了

它们脚下的那些青草
偷偷地，笑了

# 拼命地抽打

深冬时候，在公园里
我看见一位老者，站在厚厚的
积雪上，使劲挥舞手中的长鞭
拼命地抽打着空气，像是要
撕碎这冬天的寒冷
撕碎我寒冷的心情
那鞭梢发出的"啪、啪"声
正——击中我生活深处的
疼

## 我看见一块石头逆流而上

在阆中，嘉陵江边
我看见一块石头逆流而上
水势向下，落日向下

几千年了，那么多的水
向它袭来，冲击，洗涮和拍打
它沉默着，拼命地探出头来
换口气，又低头划水

偶尔，有几只无名水鸟
落在它的肩头片刻，又飞走了
它没有得到什么，也没有失去什么

一个打鱼人，披着蓑衣
从烟雨浩渺中，划竹筏而来
经过时，用长篙点了点它
我心口的疼，一浪高过一浪

## 异乡人的黄昏

黄昏，再次降临
在雪地行走。虚空从容

暮色在身后，长势辽阔
雪地松软，深一脚浅一脚的
生活，从未踏实

这些年
仕途未遂，功名未遂，信任未遂
爱，未遂

暮色向晚，人近黄昏
走吧，走吧。——故乡，就是远方

## 有轨电车

溥仪坐过，板垣坐过，松井坐过
东条英机也坐过
他们乘坐它，中转命运
从一个地方，去了另一个地方

这辆从伪满洲国驶出的电车
奔跑了近百年，也驶不出长春这座城市
从西安大路经宽平大桥到红旗街
构成的U形轨道，像人生中的少年、青年、中年
电车来来回回，卸不完满洲往事
和人生的跌宕起伏

搭载着晨曦，在夜色里游荡
最后一班电车，正驶往历史深处

## 一场虚拟的春风

一场虚拟的春风，吹过山冈
吹过城市的繁华与喧嚣
在人民大街的尽头
匆忙拐弯。拐过那里，就是春天

立春后，春天并没有赶来
来时的路上，埋伏着高山与河流
卑微的人，躲在拆迁房里等待最后的裁决
寒冷裹挟着寒风，掠过逼仄的胡同
一件破旧的衣服，在晒衣绳上来回走动

雪是雪的陷阱
欲望是欲望的刀刃
最后一朵雪花，死在第一滴春雨手中
最后一个妄想者，生于一场虚拟的春风
渴望复苏的万物，隐藏在雪下

黑夜放下黑色的窗帘
霓虹闪烁，人民大街一派祥和
街边的迎春花，忍住黑夜和寒冷
等一场虚拟的春风，吹开头顶上的星空
吹开黎明

## 底线

一根橡皮筋
可长可短
可松可紧
可黑可白

做成皮筋，可以跳
绑上弹弓，能伤人
制成腰带，就收放自如了

如果把它镶到球上
就有了篮球，足球和排球
可以运，可以拍，可以踢
可以拼抢，打斗

有时候，它就是绳索
紧紧勒住生活的咽喉

# 手术

这些年来，我拼命地累积
从黑到白，从空到色，从远到遥远
从无知到无畏，从卑微到悲伤，从聪明到糊涂
终于，积劳成疾

如果手术，需要千刀，万剐

拔掉牙齿，我就无耻了
切掉胆囊，我就无胆了
再抽掉骨头，肉身就安然落地了
最后，请取走我的爱，恨就没有了

如果还有一刀，请留给我的心脏
通往良心的桥，别再断了

## 在汉诗中生活

从龟背上卸下笔画
取火，械斗，造字，书写历史
终于《诗经》长成植物，在枝头上结出了汉诗

露水从汉诗里滚落
滋养万物和草民
接纳阳光，雨水，爱恨
汉人在原野里劳作，用镰刀和锄头
分行山川，河流，花朵和粮食
蝴蝶翩翩起舞

汉诗的声音，刀锋正劲
切割公平与正义
也肢解卑微和贫穷，相同的苦难
有了不同的重量，汉诗的呐喊，使跌倒的悲伤反复站立

这不堪的世界，让我们越来越狭窄
唯有铺开一页空白，用诗句
书写自信和尊严，在汉诗面前
宽广而漫长的生活，才使得人人平等

# 红杏

下雪了，围着炉火
王寡妇想吃杏
张二狗说，等开春，院子里的杏结了给你吃

二狗儿子躺在被窝里
哭了，因为想妈妈
他每天起夜，就朝那棵杏树撒尿

春天来了，杏花繁上枝头
可张二狗家的杏树
没有一片新叶，王寡妇生气地说
我还是去李老三家等吧

那以后，张二狗总打儿子
边打边喊：让你尿，让你尿……

## 忍住

风。忍住雨
春。忍住冬
叶。忍住花

女人。忍住男人
大雨。忍住火势
尖锐。忍住刀割

我。忍住活着
忍住，这一生

# 擦枪

在没有敌人的年代
我反复擦拭手中的钢枪

擦拭枪托，扳机和膛线，擦拭枪声
擦拭英勇，顽强和壮烈，擦拭打赢
擦拭尊严，真理和信仰，擦拭和平

擦拭民族仇恨时，我想猛烈地扣动
扳机，愤怒地把自己射向敌人

## 祖国，我没有更多的针了

祖国。请撩开遮羞布
亮出臂部来，我好给您打针

打一针安定
让所有的草木都安静下来
不再疯癫和痴狂

打一针除草剂
除掉一些杂草、杂碎和杂音
还有那无穷尽的荒芜

打一针清醒剂
把做梦的人唤醒，回到现实
不再妄想，而是实干

打一针减肥的
减掉水分，虚荣和假话
减去欲望，贪婪和不要脸

还要打一针补钙的

让所有的动物，植物和思想
更加不屈，坚韧和挺拔

祖国啊，我亲爱的祖国
您的臀部，过于丰满和肥大
可是我，已经没有更多的针了

## 石匠，是个哑巴

石匠不说话，石头不说话
石匠打石头的时候，说出的话
叮是叮，当是当，不敢乱响
忍住卑微，贫穷和忧伤

石匠一生都在，不停地从石头里取
取出的水桶，水磨和水缸，不说话
取出的大象，老虎和狮子，不说话
取出的罗汉、观音和菩萨，不说话
这些质地坚硬，富有神性的事物啊
忍住人间的风雨，饥饿和悲伤

石匠老了，他从石头里取出石棺
棺材不大，足够装下他和他的苦难
他死后，乡亲们为他送行，所有的人
都忍住了哭泣。天空，下着瓢泼大雨

# 有没有一种可能

在黔南州，平塘县，克度镇
群山深处，天眼在这里睁开
天空，太空，外太空不再遥远
一切，来自宇宙深空的信号
都逃不过，我们汉人的眼睛

借助天眼，我们可以望见
远方，和远方之远，望见
想象，和想象之外。望见
一个民族的自信，尊严和荣耀

有没有一种可能，透过天眼
望见，人间的贫穷，疾苦和悲伤
望见，人性的美丑，悲悯和坚硬
望见，尘世的公平，真理和信仰

## 在早市

在早市，顺着人流往前走
一边走，一边挑选新鲜果蔬
这些果蔬，多像我乡下的亲戚
每天我都要去早市，带它们回家
母亲就幸福地笑了。像个孩子

母亲说，想吃点新鲜羊肉
我穿过菜市去肉市，沿途
有活鱼，活鸡，活鸭现杀，再往前
是活兔，活狗，活驴现杀
在活羊现杀场地，一个秃子
手持利刃，正一刀一刀地剥羊皮
几只活着的羊，站在不远处
看着自己的同类，被人一一宰杀

这场面，让我想起了 1937 年
想起南京，想起那一场屠杀
母亲，是还活着的唯一证人

## 伤疤

忍住，从身上剜下
两个疼痛。一空，一色

放在烧红的铁板上，反复
煎熬。青烟升腾，高过人间

等，来年春天
结成伤疤，长出希望

## 旁观者

北纬 26° 。攀枝花正在盛开
蜜蜂慌乱中亮出尾刺，蜇伤了这个冬天
旁观者没有疼痛，继续赏花，闲聊

在是与非之间，黑铁开口说话
吐出吐不出的火焰，仇恨，愤怒，绝望的
花瓣，散落一地

死亡，并没有到场
怒放的攀枝花，开不出更大的悲伤
旁观者，高挂在枝头上

## 停电的夜晚

轻轻地，推开夜色
推开，书房虚掩的门
风跟随我，蹑手蹑脚地靠近

她沉湎于《人的宗教》，翻开的那页是基督教义
轻轻地，我把披风搭在她的肩上
她并不回头，牵住我的手轻吻
跳动的烛光，在书案上安静下来

我抽身离开的时候，摆钟响了
凌晨两点，耶稣在墙上背负着十字架
烛光太弱，没有谁能看清他的痛苦
或者幸福

## 第八尊佛

华岩寺安静极了
这里的世界
不会听到任何声音
站在大殿中央，七尊佛位列其上
我虔诚地仰望，佛们神情各异
游客各心怀鬼胎，又和颜悦色

转身的时候，看到墙角趴着
一条瘸腿的白狗，浑身沾满尘土
正闭目养神，它懒得抬头
只睁开半只眼睛，不看我

许多年过去了，我仍然忘不了
它，与佛无争的样子

## 淬火

铁，被反复地锤打
在医院，我也被反复地锤打

打铁，铁会反抗，溅出火花和坚硬的铁屑
我不会反抗，我会顺从医生
一刀一刀地雕刻

## 乡村

带鱼鳞纹的白铁屋顶上
一只披着金色披风的猫
正穿梭在秋雨中

在熄灭的花朵深处的灰烬里
我辨认这村庄的表情

雄鸡吞下绿色的虫子
树林淹没骏马和蹄声
蚂蚁举起冰冷的石磨
用触须卷起粮食

我不认识这里的任何一个人
我也不认识自己

## 落叶叙事

打完阻击战
就被鬼子包围了
他们只好往山上撤退
边打边退，退到山顶上
退到悬崖边，退到历史的天空里
退无可退，他们射出最后一颗子弹
拼尽最后一滴血，纵身跳下
像五枚落叶，在狼牙山的上空
飘啊，飘啊，飘啊……

一个民族，永远不会忘记他们凋零的姿势

## 玛卡贴

从愿望到欲望
从软弱到坚挺
玛卡，远方的神物
一次又一次，让我顽强地雄起

在没有信仰的年代，我
相信玛卡，它
使我像一个男人
充满阳气，精血和冲击之力

如果可以，我想把它种在祖国
种在天山南北，黄河两岸，南海诸岛
种到祖国的深处，让那里
不断地长出新的生机

## 河里站着废弃的桥墩

没有什么是完满的
——残缺世界里，完满是一种疼痛

桥墩，它更像是桥墩
站在那里，河流是虚拟的
流水反复失真，带走了碧波和荡漾
宽阔，越来越小

岸在流动，岸已远
荒芜丛生。冰冷的钢筋，水泥和沙子
紧紧地抱在一起。它们要抱紧
风霜冷月，天地乾坤和人间悲情
在沉默中坚守，向死而生
目送，流水远去

废弃，是它存在的最后理由
——从此岸到彼岸，我也是

## 天就要亮了

潜意识。生物钟就要敲响
慌张的情绪开始蔓延，从梦里
往外生长，拱开地平线
——天，就要亮了

梦，是我唯一的避难所
在梦里，我是自由和浪漫的
可以卸下面具，露出孩子般的微笑
可以打开沉默，发出雄狮般的怒吼
可以坐看流云，静听花开，守候鸟鸣

可以和相爱的人，一起去看南山雪
——直到，白头偕老

可是，天就要亮了。——
我嫉妒那些天亮之前走失的人们
天一亮，我还要赶路。赶去
做那些不堪、卑鄙和下作的事
为荒唐找一个恰当的理由
为丑陋戴一个漂亮的面具

为悲伤镶一个幸福的边框
······


善良的人啊，请你不要为我鼓掌
——我怕你的掌声，惊醒了夜的黑
我的痛楚，将被你一寸一寸拉长
血，沿着黎明之光
滴
答

## 如果

从某个角度推定
是这悲伤的尘世，把我活成了
一个罪人

我不信鬼，也不敬畏神
善良，是我内心遵从的唯一逻辑
起点。自然在近处，又在远处
——我，置身其外

上帝没有拯救谁
如果，我放弃信仰，对抗神明
死后，是不是将无处立命、安身

——为此，我愿意献身、求证

# 朝圣者

信徒，都有一个取经梦
站在河里废弃的桥墩，也有

经过一条河流时，它贪恋那里的流水
贪恋水面上的波光粼粼，和落日的黄昏
离开时，遗忘了桥墩。——
一个人在水里站久了，难以自拔

取经的人走了。带走了桥面
带走了桥的行走和光阴，秘密和风声
桥墩站在那里，像一个朝圣的人
逆流而上。万物静默，流水殇殇

一只水鸟，从落日里飞起
剪影，消失在桥墩朝拜的余晖里

## 宽恕

从这尘世路过
求佛宽恕我，也宽恕我的影子

我只是个卑微的人
善事不多，恶行也不多
宽恕我，大地就生长出一座坟墓

没有爱，就不会生恨
我需要放下的，并不太多
放下刀和肉身，世间就多一尊朴素的佛

求佛，宽恕我吧
宽恕我做过的所有的事，和与我为敌的所有的人

## 墓碑记

累了，
在休息，
请勿打扰。

有事，
别着急，
来生再说……

## 风吹我

风，把秘密从一个地方搬往
另一个地方，把虚幻
吹进现实，把远方吹向遥远

搬不走群山，草原
搬不走水的涟漪和柔软
搬不走坚硬的石头，搬不走
村庄的炊烟和庙宇

高山，河流都是琴弦
风吹过的时候，我和他们发出各自的声音
鸟鸣，涛声，起伏与哭泣

一次又一次
我与风擦肩而过
这一生，太多的风和风中的情绪
让我在虚度中反复犹豫，迷茫和飘零

我愿意，是湖畔的一根芦苇

顺着风，摇曳。——
在某个黄昏，像一张拉满的弓
射出一只将飞未飞的水鸟

## 致一棵歪脖子树

我是一个有罪的人
——崇祯，你也是有罪的
据此，我们可以称为兄弟

三十年前，我在书里认识了你
三十年后，我来看你。——
那棵歪脖子树还在，
你的身影还在

风不停，历史就不会放缓脚步
没有人敢跟那棵树合影，害怕受到牵连

风吹过，树叶发出沙沙声音
站在树下，我不停地忏悔。——
我是一个有罪的人……

可是，我来时忘了带一根绳索
也没有人，敢与我三尺白绫

# 闯入者

下午的光景，村庄里的树林
藏着雄鸡和蚂蚁
他们吞下绿色的虫子，骏马和蹄声
也举起被丢弃的冰冷的石磨
用触须卷起从前的粮食

我在十五点的雨声里匆匆到来
但我不认识这里的任何一个人
我把自己夹在木栅栏里
看那只哑嗓子的黑狗
一声声叫醒这个下午

# 蘑菇

我所认识的蘑菇，都是生在乡下的
那些从城里来的人
嬉笑着拧下他们的头颅
没有想象中咔嚓的那一声

面对陌生的面孔，蘑菇们是沉默的
举起臂膀，举起头顶的露珠
只会若无其事的疼
每当我看见它们，躲在角落里
那么安静，就像不谙世事的孩子

## 风过大昭寺

起风了
风追着风，吹过大昭寺
诵经声，飘散在风中。佛和上帝
是抚风而琴的人

经幡顺着风，大昭寺顺着风
我也顺着，像一棵扎在生活痛处的枯木
一寸一寸地失去水分，信仰和理想
风化后的坚硬里，有爱，有恨，有小悲悯

大昭寺沉默
风吹过，吹过有，也吹过无
我转动经筒，风转动我。尘世虚空
风吹不开的，我也解不开

# 门

走过建国门，绕过东直门
穿过地安门，就是天安门了

恍惚中，仿佛看到老家的柴门
母亲抱着柴火，进进出出

这些年，一直在外漂泊
背上一扇沉重的门，无处安放

这些年，我穿过许多门
木门铁门宽门窄门，穿过
佛门的时候，我想放下生活的屠刀

等我老了，让女儿做一扇石门
安放在我的墓前
拒绝和生活的所有关系

## 我在虚度中获得永生

我的爱，被我爱的人骗去了
我的恨，被恨我的人骗去了

我的一生，被真理和光明骗去了

我在虚度中获得永生
孤独，使我更加辽阔而澄明

## 办公楼

为了生存，我被生活唤来唤去
骨子里盛满卑微，却偏执地讨要尊严

口袋里的小，和手心里的冷
我越攥越紧，失去得越快，越慌张

眼睛，是一道无法愈合的伤口
泪水风干后，晒出的盐暴露了机关的底细

在办公楼，我不在乎楼层差。我在意
那些爬满玻璃窗的瓢虫，它们在秋后的命运

我知道，那些熬过我的夜和夜里的星光
不会谅解我。虚无的真实，和明亮的灯火也
不会

——我不需要原谅，但我渴望宽恕

上帝啊，当我跪下来忏悔的时候
请为我打一束光，照耀着我虔诚的模样

## 地铁上

在地下。奔走的
岩浆，暗河，地火和蝼蚁
谦卑，内敛，不事真理
没有质感和思想
——欲望大于零。希望小于零

它们一生都在画零
——画地为牢，虔诚而执着
绕着零。匍匐，前进
······

一圈，又一圈
挣扎，而后垂死。归于零

## 大雪纷飞

下雪了
沿着河滨大堤，我往南走
风，往北吹

风不言。我不语
我们各怀心事，背道而驰
身后事。大雪无痕

没有谁关心我的去向
风也是。大地一片苍茫
收起我们的过往

# 陷阱

黑是夜的陷阱
灯火是，星光是，愿望也是

风雪之夜，推开夜色与空寂
沿着一条无路向前，没有指向，没有目的
反复叩问：雪的白，夜的黑，陷阱的美丽

——以赛亚·伯林的"狐狸多智巧"
"只有一生都待在陷阱里的人最了解陷阱"

雪，越来越大。我，愈陷愈深
陷阱从来都没有预设，也没有埋伏
走着走着，就落入了陷阱

你也是，他也是。万物也是
——上帝，也是

# 画

山那边，半山腰落一座寺庙
山涧云雾缭绕，香客不绝
诵经堂上，僧人们正在朗诵光阴

如果可能，我愿意画一条河流
水面宽阔而舒缓，请它带走
人间的贫穷，疾苦和悲伤

河流之上，我需要画一条小船
而后独坐其上，摇动双桨
从远方划向远方

# 口腔诊所

街对面，李金牙口腔诊所
不断有人进出，玻璃门
一开一合，多像李金牙的
另一张嘴

有的，进去时捂着左脸
有的，出来时捂着右脸
不管他们捂着哪一边
他们都捂着自己的，疼

我的牙，疼好些年了
早就应该拔掉，可是
我害怕，拔掉之后
我的生活，连疼都没有了

## 问路

夜里，我坐在灯下看书
一人轻敲我的窗户
我不经意地回了回头

他问我：去往天堂的路怎么走？
我笑了笑，顺手指向
通往地狱的门口

突然想起，我住在十八层楼
一下子，就被惊醒了。醒后
却怎么也想不起问路人的模样

也许，他问错了人
而我，却指对了路
也许……

## 干净

洗澡的时候，我不停地反复
反复的泡，蒸，搓，淋，打沫
最后，站在淋浴下任水冲洗
可怎么洗，我都不干净

我想起小时候，张屠夫杀猪
他先把猪杀死，再用滚开的水
把猪毛烫掉，再用杀猪刀刮一遍
猪，就干净了

我不知道，如果也像杀猪那样
杀我，我会不会像猪那样干净

## 夜店

人生苦短，我只想做两件事：
点亮星空，驱走黑暗
把爱留住，温暖人间

## 喝酒

三十年前，我能喝二斤白酒
三十年后，我能喝二两白酒
三十年来，我喝没了一斤八两

这些年来，我拼命地喝
喝掉了多少豪情，仗义和不屑
喝出了不少世故，圆滑和无耻

我会继续喝下去，只要不死就喝
等我喝到只剩下两钱的时候
用嘴一抿，就知道生活的真相了

## 梦里

夜半。我被一场噩梦惊醒
梦里。一个人提刀追杀我

追与被追。我们都拼了命
眼看就要追上时，我被惊醒

他，没有砍到我。我，依然可以
提心吊胆地活着

# 残雪

老屋后的玉兰开了，白，香
放肆而又辽阔，我和女儿去拍照
看到一堆一堆的残雪
这更久远的雪，委身于衰草

风骨与苟且，尊严和隐秘
更像是我生活中的样子
雪老了，我也将老去
我们都将流尽最后一滴泪
在春天到来之前

化身为水，等待那株婉约的玉兰
繁花盛开，春意盎然

## 突兀

没有任何征兆
——突然，就不舒服起来

来得太过突兀，以至于茫然无措
好像是身体的某些器官，要集体谋反
好像是某句不中听的话，干扰了平铺的情绪
好像是一本未读完的书，纠缠着我粗糙的生活
……

好像又不是，它们——
这些生活中的物象或具象
好像是，草原上的新草和草叶上摇曳的春风

它，并没有吹开我

## 刀法

把土豆，红苕，茄子，西红柿
切成丝，切成片，切成块，切成希望的样子

生活，无非是反复练习一种刀法

## 我想与这世界一刀两断

我想与这世界一刀两断
可是，我取下身上所有的铁

也不够打成一把刀

## 鸟兽的哀歌

我曾走过这里，被山火烧着的塔松
阵阵幽香自上而下
洪水在此刻凝固
这是你的家乡吗？
深入林中的草木，以及小兽的叫喊

没有人懂得真正的静谧。除了你
在一朵花的眼睑上独自起舞，并向
群山献上唯一的泪花。

当溪水漫过脚踝，我们互致问候
也许真是该融化的时候了
你不是曾许下这样的承诺
在宁静中提炼坚硬的松子
不去破译鸟兽的哀歌

## 我没有更多的刀

站在岸边，我拼命地抽刀

我抽出一把刀，砍断善水
我再抽出一把刀，砍断恶水

水还在流，我却没有更多的刀了

## 夜游金城遗址

我重又走过，这土墙堆砌的城堡
可能是阻塞的时光，让这些洞穴变得肤浅
也可能是我的先祖急于隐去面孔

夜光涨满城池，偶尔有马匹
咀嚼这冬雪和微微战栗的泥土

我真的来过，手中的铜钱搅动黄昏的水气
踏过湿漉漉的野菊丛
一小片树林被裁剪成坚硬的盔甲

难道他们真的来过这里
刀剑还横卧其中，透过黑土的微腥
直抵我们的心窝

一千年太久，大风吹响了残破的双唇
生锈的铁器叮当作响
江河也曾经真的来过，打湿过这里的蚕农

## 问道

在青城山，迎着雪，徒步而上
我不担心走错道，人流的方向
就是道

越往上，积雪越厚，道越窄
到了老君阁，我择石而坐
看山下，来时的道，没入了人间
望山顶，前方的道，伸进了天堂

一名道士背着背篼，从我身旁
走过，我看见他背篼里装着的
苹果和人间烟火

站起身，我拍拍头顶上的雪花
准备下山，沿着来时的道
返回人间

# 剁

你，我，他
——人，鱼，砧板

剁吧，不过是工具之间的争斗
没有胜利者，也没有失败者

## 这便是我们的遭逢

我蓄满了身体里的河流，每当云团
急匆匆擦过你的发梢
我担心雨水涨破你黑青的布衣

有轻微的响动，穿过四溢的花香
漫游者停下她的脚步
远处的草坡上，我的母亲
乘着蝴蝶的翅膀飞向远方

我们的头顶只有一个月亮
穿过你身体里的山脉，我的河流
在放牧者的笛声里滋长
这便是我们的遭逢，用一生的时间
彼此寻找，再用一生的时间
消失于草莽

## 墓碑

无非是从山里挖出一块石头
无非是把石头从山上运下来
无非是把运下来的石头洗干净
无非是把洗干净的石头刻上字
无非是把刻上字的石头竖起来

无非是在竖起来的石头前磕头，烧香，哭泣……

## 我来过这里

我来过这里
狭窄的街道，撞来撞去的肩膀
没有人会互致微笑
这匆忙而去的人们
比一片叶子还要沉重

我确实来过这里
打开帆布背包，在一小片纸上
寻找熟悉的名字
从陌生沉入陌生

原来我们都有同样的表情
只是我还没有学会隐藏
这孤零零的影子
是一堵墙，我和我被冷冷地隔开

幸好不是天堂和地狱的差别
但是我们有什么可以区分
你和我，和所有的人
都是这里的过客，匆忙地来去
连一阵风都不曾带去

## 故园的错觉

我的腿在发抖
零上四十度的天气
却让我感觉异常寒冷

这就是我们生活的世界
石头，飞鸟，远去的树林在战栗
只有废弃的院落是静止的
他因苍老而落寞

这是我的家园
水已经干涸，一两个乡亲在攀谈
在柳条篱笆的阴影里
我只记住他们黝黑的脸

这里还隐藏着我的童年
撕碎的裤脚，旋转的铁环
公路上积满了雨水
我还来不及蹚过
就撞见了自己歪歪扭扭的中年

## 突然

终于。抵达了这里
天之涯，海之角，山之巅

时光缓慢，世界安静下来
白云、蓝天、浪花极速地返回海面

突然，我想为祖国栽一棵树
突然，就想雪山了……

## 九所的海

九所的海
如镜，如禅
我心，安静下来

当我到达那里的时候
海风、浪花、阳光和春天
正集结在沙滩上

我想，就在海边住下来吧
欲望、灵魂、步履也住下来
一起看海，听浪
一起，安静地活着

## 底牌

每个人都有一张底牌
你有，我有，他有，我们都有

有的先翻开，有的后翻开
有的翻得快，有的翻得慢
有的，用双手紧紧捂住，然后
一点一点捻开，生怕走漏了
生活的风声和消息

我，一直不敢翻开底牌
我怕一翻开，我的生活就输了

## 乌鸦落在经幡上

云淡。天高。苍穹下
塔尔寺肃穆。梵音澄明，令人战栗
以它为背景，五色经幡迎着风

猎猎。几只乌鸦落在经幡上
摇摇晃晃，像几个黑色的音符
被无形的手摁在五线谱上，却发不出
声音——它们已集体失声，或习惯于沉默

风越来越大。它们像落海的水手
在苍茫的大海上挣扎，脚下的经幡
仿佛是一根救命稻草，系着生，也系着死

寺前。一棵老槐树在风中摇晃
叶落尽。鸟去树空，枝条上挂满风暴
诵经声"唵嘛呢叭咪吽"，在风中飘远……

## 拐角

打一口棺木，在余下的边角料上
用卷尺反复比量。钝角，锐角，直角，圆
——角的多样性，令人困惑

松开手，卷尺迅速抽身而去
一切，又重归于零和平静

经过一番考量，决定制成一副象棋
在精心打磨之后，每一枚棋子
都那么圆润，适合拿捏。——多么像我

两个对弈的人，在棋盘上捉对厮杀
把自己的意志，强加给车，马，炮，兵，士
连将相也不能幸免

楚河汉界，风声鹤唳之后
每一枚棋子，都裹满了历史的包浆

在生活的拐角处，没有什么角
敌得过钩心斗角。只有那只棺木静静地
躺在祠堂里，上面落满了灰尘

## 宽窄巷子


从宽处进去，从窄处出来
被挤出去的，不只是水分，还有思想


从窄处进去，从宽处出来
生活包容我们的无知，也宽容我们的无耻


在宽窄巷子，一杯清茶，一壶老酒
就可以坐一整个下午，还可以看川剧变脸


尘世这么龌龊，我有多少张脸也不够用
当我们摆龙门阵，摆到阿斗时，还是忍不住


流下热泪。我的亲人啊，多情又多病
我能把烂泥糊上墙，却不能把你们扶起来

## 一个声音从墙上走下来

一个声音从墙上走下来
踉踉跄跄，在夜色中摇晃
红酒醉倒在音乐里，不能言说的
痛，在劣质香烟的火星上忽明，忽暗

——一只看不见的手，想把这声音
拽回墙去，上帝微笑着，保持沉默的老练

墙体斑驳，挤满了无数的方言和声音
或哭，或笑，或吵，或闹，或喊叫或谩骂
叫床的声音，爆发着，放荡着，撕扯着
每个酣畅淋漓的夜晚，都要一次次喊醒
阳光，水泥，砖头，钢筋，汗水和脚手架
这些毫不相干的事物，便生动起来

生活过于轻浮，墙越来越沉重
一直想厘清我，墙和这世界的关系
却不能，我能做的只有用头反复磕墙

把孤独和悲伤磕进去，磕出一道道血迹

——耶稣在墙上，看着我
我们一起慢慢等待，命运的逆转

## 今夜，没有更多的明天

黑夜，像一个巨大的茧
我们都是，作茧自缚的人

黑暗中，我摸到了蚕丝的线头
拼命地抽取，拼命地缠绕

抽取生，缠绕死。抽取爱，缠绕恨
抽取黑，缠绕白。抽取有，缠绕无

——抽取万家灯火，缠绕满天星光

黑夜，是黑色最后的避难所
就着月光，我解开拴住生活的缆

乘一叶扁舟，横渡苦海
在黎明到达之前，化茧成蝶

# 对此，我悲伤不已

孝顺。顺着，就是孝
孝敬。敬着，就是孝

——当我懂得这个道理的时候
父母已经老了，我也就要老了

我将在有限的时间里，无限地去孝
可我还要学会分身术，反复练习忠

——对此，我悲伤不已

## 找一块近水的石头坐下来

每天，都要沿着滨江路走走
有时，顺着江水。有时，逆流而行
累了，就找一块近水的石头坐下来

可以把自己坐成一块石头
坚硬，圆润而饱满，周身长满青苔
个性被流水带走，思想沉入水中

可以隔岸观火。那些在水中
行走的人们，失去了重力限制
步履轻盈，恍若隔世。闪烁着
悬空之美，渔火之美，荡漾之美

不时，会有江风拂过
涟漪挨着涟漪，波光粼粼
深水静流，带走了我的体温
却带不走我的哀愁

更多的时候，我想吐出

心中的苦水。可这条江啊
它还不够宽阔，我这一肚子的苦水
怕是，整条江也容纳不下

## 乞讨者

黄昏。起风了，雪花追着风跑
寒冷穿过一条街，又拐进另一条街
暮色，跟在身后

乞讨者。卷起毡布的漏洞，拾起破碗
和碗里的几枚硬币，把小小半瓶冰冻的
矿泉水，塞进浸满污垢的大衣兜
拖着两条残腿，往就近的墙角转移

——挪动的痕迹，是这座城市的良心线

他蜷缩下来，喘口气，紧贴墙角
像是要把自己贴进那墙里去，然后静下来
微闭双眼，等待黑夜再一次降临

城市这么大，没有人在意他的冷暖
风死在拐角处，他却反复活着。——
乞讨者的顽强，超出了一座城市的想象

## 在塔尔寺

在塔尔寺，一个僧人走在春风里
春风动，他就动。他成了春风的部分

蓝天上，一朵闲云在散步
像走动的僧人，在等待夜幕从天而降

星辰，会按时升起来
黑夜，会出卖所有的星星

香火升腾，把人间带向天堂
诵经声，飘荡在塔尔寺的上空……

## 二月二

### 1

多么好啊，这横竖都是二的日子
生活里有二，日子就不会孤单

### 2

我不是龙，所以我不会抬头
我是一介草民，头一次次被割掉
又一次次忍住疼痛，顽强地生长

### 3

如果要抬起，必须先低下
从未低下过，何从谈抬起

4

俯瞰大地，是一种选择
仰望星空，也是一种选择
我选择平视，就选择了平等

5

在理发店，理发师让我低下头
再低一点。我倔强地坚持着不低
在各自的顽固中，我们完成了二月二的洗礼

6

清明就要到了，让我们低下头颅
向死去的亲人们，鞠躬，流泪……

## 磕头机

东北平原上。万物归仓后
磕头机，是唯一文明的活的灵魂

以风雪，苍穹，和散落的村庄
为背景，夜以继日地磕头，磕头，磕头……

一只无形的手，掐住它的命门
依然，不疾不徐地磕头。坚硬里满怀

深情。演绎着慢，和几何之美
紧扼住自己的喉咙和呐喊，虔诚地

磕头。向死去的庄稼忏悔

## 麻雀

云在天上。塔尔寺在风中
保持缄默，几千年从未开过口

走出塔尔寺，将香火和木鱼声
落在身后，丢进风里。仰望天空

鹰早已收回翅膀，几根黑色电线上
有几只麻雀起落，像单调的音符跳动在

五线谱上。演奏的渺小与灰色
离人间越近，离寺庙越远

## 扶稳黑夜

半夜，突然就醒了
突然就坐起来。低着头

双手扶住膝盖，扶稳黑夜
身体颤抖着，星光和寂静颤抖着

先是唉声，然后是叹息
然后就流泪，流泪，流泪……

这一切，耶稣都看在眼里
可他从来不说话，只是背着沉重的

十字架，等待天亮……

## 炉火，映红了父亲的脸庞

下雪了。陪着父亲烤火
炉火照耀着我们，照耀着
堂屋里的黑暗，和乡下的生活

该说的话，父亲早已说完
没有讲出来的，有些被他种到了地里
余下的，正在炉膛里燃烧
一点一点，化为灰烬……

火苗舔着木柴，舔着炉上的铜罐
罐子里炖着竹笋，腊肉和村上的传说
香气从罐口溢出来，弥漫着

父亲歪着头，双眼微闭
轻微的鼾声里，炉火映红了他的脸庞
——啊，多么慈祥而宁静

火苗在减弱。我步出堂屋去拾柴火
一阵冷风吹过，炊烟从堂屋的瓦片下衍出来
飘上天空，像是去给上帝通风报信

## 目送

雪越下越大，我踏雪而来
为你送行。你躺在松柏与鲜花中央
像一个虚词，言简而意境辽阔

你攥紧的拳头已松开，放弃警惕和抵抗
你收回目光，交出死亡密码，却死守秘密
你就着安魂曲，解开生活的死结

我们默哀、鞠躬、垂泪，绕棺木一周
向你道别，目送你被送进火化炉
——人间寒冷，那里是最后的暖场

走出殡仪馆，我回头张望
目送你化成一缕青烟，升入天堂
——身前，大雪纷飞。日后，请多关照

# 端午记

粽子。失去了生活的原味
艾蒿。失去了植物的苦和暗香
历史在光阴的深处和创口，莫衷一是


屈原。死的太久了。记忆模糊
汨罗江。越来越虚弱。江水浑浊


龙舟。在江面上飞
跳跃的浪花，毁灭了愤怒的证词
——纪念，是为了更好的忘却


我们这些被《离骚》《九歌》和《天问》滋养大的孩子
正在集体失忆失血失钙，失去仁义，友善和朴素的爱


活在温润的年代。幸福感
在一寸寸地，埋葬忧伤，悲愤和不堪
——苍穹之下，再无天问

第二辑　亲情在线：

　　　父亲端着的那个土碗

## 向西，向南

冬天，在长白山脚下
一列火车，缓缓地驶进某个小站

小站不大，朴素，祥和而安宁
火车慢慢停了下来，我走下火车
冬天也跟着下了火车

白雪之上，两条黑色的铁轨
执着地奔跑，向西，向南……
一直奔跑到那里的春天

我的母亲，就住在那里
她老了，已经抵不住寒冷

# 在一棵草里悲伤

阳光撤离窗台
一盆兰草失去阴影
几片单薄的草叶，逆光生长
在潜意识里，指向模糊，而悲伤

母亲，在深山里挖到一株兰草
托人从遥远的故乡捎来，告诉我
要认得村庄，识得寒霜，闻得草香

母亲走了，我与兰草相依，为命
它用不尽的寂寞，守候我无边的孤独
十年来，不开花，只做草

## 琴手

父亲是个琴手
他最喜欢拉手风琴了

劳累的时候，他就拉上几曲
生活的苦，劳作的累和伤口的疼
就在琴叶的开开合合中，消散了

父亲最擅长弹奏的，是生活的
每一道梁，每一条河，每一条垄

山路弯弯。父亲就弹出山歌
河流弯弯。父亲就弹出船歌
田垄弯弯。父亲就弹出丰收歌

……

父亲，把小山村弹得风调雨顺
把小日子，弹得和睦幸福

父亲老了，患上了脑溢血
他不会说话，不会走路，连微笑

也不会。每天坐在阳台上
看夕阳，望远方，观山村。一双
弹奏过生活的手，还在不停地颤抖

## 父亲端着的那个土碗

父亲，这些年
我买碗，买碗，已经
买了整整一千个碗，如果再买一个
就是一千零一夜的故事了

小时候，我经常看到你端着个土碗
蹲到一边吃饭，你故意吃出动静
偶尔，还有几声吧嗒嘴的声音
——其实，你吃的是空碗

有时候，你把整张脸都埋在碗里
好像要把碗底吃下去
吃到碗的另一边去
那碗也像饿极了，好像也要把你吃进去
你们彼此反复较量着，吃

最后，那个碗扛不住了
它从你手中滑落，碎成一地
那裂开的声音像一块烧红的烙铁
在我的记忆深处，烙下一个伤疤

一辈子都不可能愈合

父亲，当我拾起这些饥饿的碎片
就是拾起了你的爱
一个破碎的
碗，是一个时代的记忆
我渴望买到它，又害怕买到它

## 旅行

旅途，并不遥远
从生到死的距离
父亲，走得那么艰难

他一生都在村庄行走
从朝阳到夕阳，从稻香到麦浪
从春天到冬天，从矿井到黑暗
从黑发到白发，从卑微到低贱
怎么走，也走不出贫穷和苦难

如今，沿着父亲的旅途前行
我在无情的人间，深情地奔跑
但愿，能比父亲走得远一点

## 每天夜里，我都要醒来一次

每天夜里，我都要醒来一次
往东屋看看咳嗽的老母亲
去西屋给小女儿披披被子
到客厅看看墙上的父亲
看看他们，心里就踏实一些

然后坐下来，点一支烟抽
静静地，听听墙上钟声嘀嗒
琢磨母亲药费，女儿学费的着落
想想还账的期限和赖账的办法
至于真理和信仰，我不会去想

我还会去小阳台，看黑夜
装下所有的黑，和黑里的事物
它们那么沉着和安详，远处
彻夜不眠的灯火，在奋力照亮
看看它们，我心里就温暖许多

## 种地

父亲是个农民
种了一辈子的土地，他

种春风，种水稻，种汗水
收割贫穷
种沉默，种勤劳，种厚道
收割卑微
种爷爷，种奶奶，种大妹
收割悲伤

如今，他让我把他种到土里
埋上锄头，他到那边还要种地

## 磨刀

母亲老了，力气越来越小
她总唠叨，说刀钝切不动菜
每次回家，她都喊我给她磨刀

我搬出板凳，拿出磨刀石
坐在坝子里，认认真真地磨
一边磨，一边陪父亲聊天
母亲忙里忙外，高兴得不得了

每次磨完，我都要背着母亲
在案板上使劲地砍，尽量
把磨出的利刃，砍平，砍卷

## 冬雨

雨水一多，乡间小路就泥泞起来，
通往坟地的田埂
荒草丛生，悲伤挨着悲伤
思念和祭祀无法穿行

围着炉火
煮茶，读书，沉思，听母亲唠叨，
等一场连绵多日的冬雨，随时收场

夜里，母亲不停地咳嗽，边咳边喊父亲的名字
墙上微笑着的父亲，从未走下来

猫头鹰在等一只田鼠出没，田鼠在等一场死亡的发生
乌鸦蹲在树上，收起被雨水打湿的翅膀和叫声
我起身下床，往炉火里添柴，
给母亲和她的孤独掖被

我知道，不是所有的人都能熬过这个冬天
跪在母亲的床前，一场盛大的冬雨夺眶而出

# 落叶

娘，秋天了
我去您的坟上看了看
今年的落叶比去年的要厚一些
应该能够挡住风，挡住雪
等到年关，我再添几锹黄土
雪一化，黄土崭新

娘，等来年春天
我在您的坟周围再栽些树
是您喜欢的银杏，桂花和桃树
落叶，全部落在坟头
秋风，吹也吹不走

## 清明叙事

傍晚，有人烧纸
在十字路口，一张一张往火里填

风吹过，火星跑出来
像萤火虫在飞，忽明忽暗中
我看见爷爷在跑，父亲在后面追

眼看，他们就要消失在黑幕中
我拼命地喊："爷爷，你回来！"
"爸爸，你等等我！"

我在后边追
手里拿着棒棒糖，追呀追
突然脚下一空。——我从梦中醒来
早已泪流满面

## 请把她带回来

多年前。在深山里
挑水，砍柴，数星星，学狼叫
——凄美之声，越过群山，越不过苦难

土坏房老了，在人间摇晃
两个卑微的人，用山一样朴素而简洁的爱
支撑着，简陋的生活

房前屋后。——野花，开满山坡

多年后。如果你去山里探险
看到一个叫谭丹丽的孩子，请带她回来
告诉她，曾经有一个会狼叫的人

在想她。等她从山里回来
认她做女儿，教她狼叫的另一种方法

## 年夜饭

芹菜，萝卜，白菜
这些乡下朴素的
植物，在餐桌上相聚，讲述各自的境遇
赞扬彼此葳蕤过的春天

一群吃素的人，围着它们说年话
张家长，李家短
王家又发达了
提起某人的幸或不幸，都在谈论报应
没有谁想知道植物的困苦

## 大年初一

二姐说，有个男同学来看她
一起吃午饭，让我们帮她把关

进门时，他披着一身风霜
饭桌上，他大声说话，大口吃肉
酒过三巡，他开始讲蹬倒骑驴的趣事
舒坦和幸福的样子，传递着快乐

饭后，我们喝茶，聊天
聊低保，聊房价，聊雾霾，聊南海，聊到特朗普
电视在重播春晚，成龙出场时
他跟着唱《家与国》，像在 KTV 拼歌

手机响起，他看一眼就挂了
高兴地说有客户找，起身就往外走
出门时，我们目送他走进春天

## 听雪

天色将晚，街灯日渐亮起
母亲在藤椅上打盹，炉火正旺

我在灯下读诗——"那羔羊不挣扎，不惊恐
只用漆黑的眼睛盯紧母亲的哀鸣"
——胡茗茗用她的刀口掠过我的惶恐

我回头看看母亲，轻唤一声"妈"
母亲睡眼微睁，看着墙上的父亲
低声道："下雪了，别忘了添衣服"

我移步窗前，撩开窗帘和夜色
大雪纷飞，万物安宁

# 一抔土

三十年前，离开家乡的时候
我从后山的梁上挖走一抔土
在那个地方留下一个伤口

我把这抔土放进阳台的花盆里
还没来得及种上喜欢的花草
它竟然自己长出了一棵相思树

想家的时候，我就伺候这棵树
松松土，浇浇水，剪剪枝
长啊长，树上结满了我的乡愁

女儿长大了，要去很远的地方
我从那盆里分出一抔土，让她带走
告诉她，那土里有故乡，有老家

再过几十年，等我老去的那一天
我会化作一抔土，把自己还给故乡
把我当初留下的那个伤口，填上

## 唠叨

母亲爱唠叨
一唠叨，父亲就拼命地耕地，打垄，下种
恨不得，把自己种进去

母亲越来越唠叨
父亲越来越喜欢坐在堂屋里，闷不吭声

我把父亲扶起来
走出堂屋时，父亲说
你母亲在墙上，话越来越少

## 路过祠堂

路过祠堂的时候，我没看见祠堂
我问父亲祠堂呢，父亲说拆掉了
靠边停车，我站在祠堂旧址之上

云雾迷漫下来，一条乡村公路穿越而过
把古老的祠堂带向了远方
在远方的尽头，有香火缭绕
我看见祖宗的魂魄，在香火之上

几只乌鸦叫着飞过祠堂的天空
那叫声落在不远处坟园的荒草里
荒草里藏着凄凉，恐慌和神秘

走近一看，荒草里扔着两块祖宗的牌坊
它们依偎在一起，相互取暖

## 一场随意的彩排

父亲老了，父亲真的老了
每年回家，我都要陪父亲转山
过了七十，父亲转山的速度
明显慢了下来，一年不如一年
尤其是今年，越来越明显

一天，我和父亲转到后山顶上
站在那里，整个村庄都尽收眼底
父亲伸手，把我拽到他的跟前
指着村里的坟园，说他反复看了
他走后，就葬在奶奶的坟后边
那个位置在龙脉上，是块宝地
我说他身体好着呢，会长生不老
他笑了，说早早晚晚的事情

他又拽了拽我，指了指塝塝上
说那块麦田是他给母亲选的地方
也在脉上，阳光充足，不存雨水
我问他，为什么不选在一起呢
他笑了，说分开葬对后人有好处

万一这个不发，另一个肯定要发

我笑了，我说爸你也给我选个地方吧
他笑了，说他儿子我是长命百岁的命
他哪里知道，我早已患上了
癌症⋯⋯

## 无法说出的痛

在乡下，我走进老邻居家
我认识他们，也认识他们的后人
几十年过去了，他们做了一件事
坚持把贫穷，从过去搬到了如今

我问他们贫穷吗？他们说不穷
我问他们怨恨吗？他们说不恨
我问他们幸福吗？他们说幸福
我说需要帮助吗？他们说不用
往下，我不知道该问什么，说什么

放下红包我就往外走，他们一家
送我到门口，几声谢谢从屋里
飘了出来，追着我。站在蓝天下
我想：国泰民安，也有他们的贡献

## 我的母亲走失了

母亲走失了，我漫山遍野地找啊
田野上，溪流旁，水库边，没有找到
山坡上，树林里，后山梁，没有找到
我便沿着山梁往上找，找啊，找啊
找到了山顶上，找到了云端里

我的故乡啊，都在我的视野下
我一边哭，一边找，一边喊
终于，在老屋后的竹林里找到了
母亲她躺在黄土里，向我微笑着
我一下子就扑进了母亲的怀抱

等女儿，把我从地板上扶起
我才被疼痛，惊醒……

## 一花一树一故乡

在大巴山脚下，有一个古村落
原来叫芙蓉村，后来叫大木树村

叫芙蓉村的时候，没人见过芙蓉花
叫大木树村的时候，没人见过大木树
不管叫芙蓉村，还是叫大木树村
它都有一个豁亮的名字——故乡

等我老了才晓得，一花一树一故乡
母亲啊，就是那朵永不凋零的芙蓉花
父亲啊，就是那棵挺拔参天的大木树

# 还好，我们都有了后人

在故乡，我陪着老父亲转山
三十年了，那些小树长成了大树
山也跟着长高了，曾经的山路
弯弯曲曲地没入了云端

转到后山梁上，我看见几个放牛娃
他们看看我，又看看我父亲
就喊我"大爷"，我朝他们笑了笑
算是彼此打过招呼

我不认识他们，但我认识他们父辈
他们的长相留下了父辈的证据
我问父亲，他们的父辈都还好吧
父亲说，一个死于矿难，一个死于病患
一个跟人跑了，一个
被城管打残，至今卧床不起

说完，父亲重重地"唉"了一声
那"唉"掉下来，顺着山路滚下山坡
我想：还好，我们都有了后人

## 山崖上那支百合花

小时候，我跟着母亲去山里砍柴
砍呀砍，砍到太阳落了西山坡
晚霞里，一枝百合花开在山崖上
微风吹过，它轻轻地摇曳着
像是向我微笑，我转头望望母亲
年轻的母亲啊，多像那枝百合花

长大后，我去遥远的地方当了兵
训练累了就想家想母亲，夜里
总能梦见那枝百合花，和她的笑
于是，每年春天野外训练的时候
我就往山里跑，去寻那梦中的百合花
我想在异乡找到她，找到她
也就见到了母亲

许多年以后，我都快要老了
再次回到老家，决定去山里
最后一次看望那支百合花，看她
是否安好

当年砍柴的小路早已草木丛生
我沿着记忆的方向，努力地搜寻
还好，在那山崖上我看见了那枝百合花
可是，我再回头却不见母亲笑容

## 柴屋

很多年前，我离开家乡
要去很远的地方，闯荡
临走时，母亲把煮熟的鸡蛋
放进我的行囊，转身跑进
柴屋，从柴门后面传来了
母亲，哭泣的声音

许多年后，我衣锦还乡
母亲从村口把我迎回老屋
迈着老年步，颤巍巍地走进
柴屋，抱起一捆柴火
把家里的老铁锅烧得啪啪作响

如今啊，柴屋里早已空空荡荡
唯有那黄金树条编成的柴门
还半开半掩着
却再也不见母亲，从柴屋里
走出来……

## 父亲的伤口

父亲是个地地道道的农民
一生都在干那些干不完的农活
可农活跟父亲怎么也不亲，还
时常伤着他，以至于父亲的
头上肩上手上腿上脚上到处是伤口
往往是一处伤口还未痊愈
另一处伤口已经打开

那个年代没有创可贴，即使有
也买不起，但有更简单的办法
耕田弄出的伤口，父亲用泥巴一糊
劈柴弄出的伤口，父亲用柴灰一糊
打石弄出的伤口，父亲用石粉一糊
……
伤口实在太深太长太大了
母亲就用布和线给父亲缠上
一圈又一圈，一层又一层
缠得父亲像一位受伤的战士

父亲总是带着伤口去干活

清晨，父亲上山去砍柴火
那些露水给父亲清洗伤口
上午，父亲下地去耕水田
那些鱼儿帮父亲清洗伤口
晌午，父亲到石场抬石头
那些汗水替父亲清洗伤口
下午，父亲去棉花地除草
那些蝴蝶为父亲清洗伤口
黄昏，父亲到打谷场背粮
那些归鸟为父亲清洗伤口
夜晚，父亲在石板上纳凉
那些飞虫为父亲清洗伤口
父亲的一生是重复的一天
父亲的一天是浓缩的一生

那时候我还很小，也很害怕
害怕父亲的伤口感染、化脓
可父亲的伤口就像那些被他
劈开的石头和树，犁开的荒野和土地
一天又一天地生长着工分和钱财
一年又一年地生长出庄稼和粮食
父亲的伤口是我们全家的希望
我们住在父亲的伤口里

夜深了，父亲的鼾声响起
我听见，母亲在父亲伤口里的抽泣
那抽泣的声音抵达伤口的深处
激起了乡间的鸟鸣和蛙声……

## 父亲的脊背

开始，父亲的脊背是挺立的
就像后山上那棵青松的树杆
挺拔俊俏，直插云霄
母亲爱上父亲，据说与父亲的挺拔有关
母亲说，那棵青松代表了整座山的气势

后来，我和弟弟妹妹们相继来到了身边
随着我们的成长，父亲的脊背不断地弯
曲
向下、向下、向下……
弯曲成一把耕田的犁，一年四季地耕耘
耕耘出全家的粮食和欢乐
弯曲成一柄弹花的弓，轻快明亮地弹唱
弹唱着全家的温暖和幸福
弯曲如一枚下弦的月，日日夜夜地照亮
照亮着全家的前程和未来

再后来，我和弟弟妹妹们离开了家乡
父亲的脊背弯曲成了摇篮
母亲就站在摇篮边哼唱

父亲的脊背弯曲成了某段河流
母亲就坐在河边洗衣裳……

后后来，父亲的脊背弯曲成后山的山梁
母亲就站在山梁上歌唱
那歌声飘向四面八方，飘进我们的胸腔
歌声里有父亲的回响，有母亲的忧伤

## 父亲的来信

思念，在清风朗月的夜晚漫延
我卧病床前，展开月光铺满的信笺
每一条河流，每一座青山，每一缕炊烟
都是故乡跃动的诗篇

我是个诗人，像朗诵北岛顾城的诗歌
那样，去朗诵我父亲的来信
那沾着泥土气息和草香韵味的土话
却读得我情绪饱满，泪水涟涟

三十年了，父亲始终重复着一句话
"家里一切都好，勿念！"
这是世上最美的诗句了
越是勿念，越是想念
越是平安，越是思念

床前的月光，已染白了父亲的鬓霜
父亲的来信，永远报着家乡的平安
他却在平安里日渐老去
不老的，是他对儿子远在异乡的祝愿

## 我使劲地想

寂寞的时候，我就使劲地想

想大海，想草原，想梦中的远方
想太阳，想月亮，想夜晚的群星
想笑脸，想幸福，想人间的温暖
想故乡，想老屋，想母亲的慈祥
我想啊想，泪流满面，疼痛不止

我使劲地想啊，使劲地想
可是，想了也是白想

## 歧视

夜深了，女儿打来越洋电话
说她要恋爱了，问我有何要求

我深思片刻，郑重地对她说：
不能是女人，不能是坏人，不能是
日本人

放下电话 ，我抬起头，看了看
那幅挂在墙上的，太奶照片
不禁想起，那年她惨死的场面
……

## 微笑

从我懂事那一天起
母亲就告诉我，要微笑

这些年来，我微笑着面对生活
可生活，总是无缘无故地伤我

我不想埋怨生活，我会去母亲的坟前
跟她说："来生，别忘了带把刀啊！"

## 她的素描

她在拔草，用粗糙的手
她的发髻低垂
她的脸就要埋进了泥土里

下雨了，但是雨很缓慢
没有人招呼她回家
雨一直下到她微驼的背里

直到她的掌心长满青苔
日子就剩下那么几天了
她还在一场雨里
弯腰，拔草，把不多的口粮
小心地装进粗瓷的碗里

直到她变成一把泥土
日子都变成别人的了
她还在一场雨里
她还是她，可依然
没有人唤她回家

# 水田

家乡的水田
是天空坠下的云彩
一片一片

春天插着秧苗
夏天飘着稻香
秋天关着谷庄
冬天翻着麦浪

四季都铺满
父亲母亲和老水牛
耕作的时光

## 坚守

黄昏下，老树旁
我坐在村口的青石上
想村寨桃花开放的三月
想山谷幽兰芬芳的季节
一阵微风徐徐吹过
两行清泪悄悄滚落
一枚香樟树叶随风飘下
我听不到童年落地的声响
那石上的青苔，令我羞愧
任时间复替流淌
它和子孙都坚守在青石之上

## 冬至叙事

窗外，大雪铺满一地
阳光落在上面，举重若轻
冬至穿过落地玻璃墙，折射到

母亲身上。父亲坐在母亲对面
中间的火塘里，木柴举着温顺的火苗
火苗托起铁罐，铁罐里炖着往事

香气，弥散开来……

母亲和父亲累了，慈祥而宁静
连他们身下的摇椅也累了，懒得摇晃
妻子在厨房包着饺子，是父母最爱吃的
韭菜虾仁馅。我在读诗《在人间》：

"已经约好一根竹笋，将来做我的墓碑
它在土里生，我在人间老
它不从坟前拱出来，我不咽气……"

泪水，从冬至的深处流淌出来

挂满我的脸颊。窗外，阳光升到高处

雪水，从屋檐上滴落。一株腊梅

从墙角探出新枝，含苞欲放……

## 立春记

立春这天，老家飘起大雪
所有的草木，河流，山冈和老屋
都开满了白花

陪父亲转山，经过一片茅草坡
那些将返未返青的草们，在雪下
流着泪，抱头痛哭

经过一片坟地
父亲指着几座新坟说：
那是你大叔子，二姨父，三大爷，老七叔……

指着指着，父亲流下了眼泪
转过身去。我望见那片远去的茅草坡
愿它长出一个明媚的春天

## 父亲进城来

子欲养，亲还待
我把父亲接到城里来

我送父亲一根腰带
父亲说，还不如麻绳方便好系

我给父亲买双皮鞋
父亲说，还不如草鞋穿着自在

我给父亲买些名酒名烟
父亲说，还不如土烟小烧有劲

我领父亲去饭店吃大餐
父亲说，还不如粗茶淡饭香呢

我陪父亲去逛繁华商圈
父亲说，还不如寨子里空气好

我请父亲去听音乐会
父亲说，不去了，要回老家

我说，儿子这儿就是您的家呀
父亲说，你这没有油菜花开满山坡

父亲，一生都活得简简单单
就像山里的清泉，一尘不染

而我，却一直活得慌慌张张
疲惫不堪，泪流满面……

## 父亲的酒量

喝上两口，是父亲唯一的爱好
我从来没见父亲喝多过
父亲的酒量，好且有节制

春天，父亲下地去耕作
累了，就坐在地头喝两口
春风醉了……
帮着父亲把种子撒

夏日，父亲下河去赶水
累了，就坐在船头喝两口
河流醉了……
帮着父亲把货船行

秋时，父亲下地去收割
累了，就坐在垄上喝两口
秋色醉了……
帮着父亲把庄稼收

冬闲，父亲上山去打石头

累了，就坐在山梁上喝两口
山风醉了……
帮着父亲把石料运

父亲的酒量
就是传说中的海量吧
等父亲老了
我回家乡，陪他好好醉一回

第三辑　时光在美：

最好的时光

## 立秋了

农历上说，前天就立秋了
已经过去两天，可我还是
看不见秋天的模样
找不到秋天的感想

树，该绿的绿着
花，该开的开着
水，该流的流着
风，该吹的吹着
阳光，爱情，幸福，依然

## 最好的时光

清晨，妻子拉开病房的窗帘
阳光破窗而入，投下光明和阴影

昨天，三床走了，七床也走了
今天凌晨，五床被推出去抢救
隔壁的病房又传来了哭声

我瘫坐在轮椅上
等医生来查房，会诊，用药
妻子把轮椅推到窗前
阳光照耀着我，像我的亲人

我无力抚摸这阳光
这一生最好的阳光

## 哦，敬亭山

在梦里，观尽天下名山
唯有敬亭山，我不敢靠近

我怕一靠近，梦醒了
水湍了，云散了，众鸟也飞尽

这尘世啊，一直与我对峙，为敌
只有梦中的敬亭山，与我相看，两不厌

不能为你著书、立传，我只好
写一首小诗，为你抒怀

若有来世，我要做那第六十一座山
哪怕高度，矮过坟茔，也要

落在宣城，之南
慢水绕过，杜鹃红

## 黄昏，陪女儿散步

东北平原，落日靠着天边
在雪地上行走。旷野辽阔
风引领雪，交出苍白，寒冷和隐秘

两个卑微的人
谈起民族苦难，国家尊严的时候
迎着风，泪流满面

苍鹰，在余晖里
撕破了天空，却猎杀不尽
苍茫里，奔跑的野兔

## 下雪了

下雪了，你还好吗？
雪花在说话，你不需要回答

雪越来越大，我站成一棵树
在忧郁的风中，等你

这些年，我们走过的路被雪藏了
爱和恨在雪下，坚硬如铁
柔软的水，被我攥在手中

你经过的那棵
落雪，在枝头开成了梅花
——你不必到来

## 八月十五夜月

今夜，请给我一架长梯
我要沿着光线，攀上云端
摘下月亮。送给她

饿了，她可以当作月饼充饥
累了，她可以当成坐垫歇息
她还可以，把月亮瓣成弯刀

一片片削下，人间的爱恨情仇
散落的月光，铺满大地。今夜
在她的尊严上，我长跪不起

## 游华岩寺

雨水穿过天空，云朵和薄雾
落在华岩寺的安静上，我听见
自己的心跳，也听见佛的心跳
从慌张到舒缓的长度，就是
从人间到天堂的距离

游人熙熙，香客攘攘，香火
沿着雨水上升，愿望过于沉重
纷纷跌落下来，化为灰烬，那些
大的小的，远的近的，卑微的高贵的
愿望，生不同体，死后同炉
它们，相拥而眠，互相取暖

移步荷塘，秋天早于我到达
莲花闭关，荷叶入定，几只莲蓬
高于水面，露出满塘的禅意
几尾小鱼，潜伏在落叶之下
多像我躲在生活低处，不声不响

黄昏来临，寺庙深处传来诵佛声

声音澄明，入骨化人，我寻声而去
只见，七八尼姑带着三五游客
绕着佛像，边走边唱"南无阿弥陀佛"
一遍又一遍，试图走出人间的痛苦

## 每一天，都是最后一天

医生说，甲状腺癌存活的机会大
我信了。除了信，我也没有别的办法

从离开医院的那天起，我就把每一天
都当成最后一天。因为，我不能确定

今夜睡着了，明天会不会按时醒来
所以，我尽力去爱。爱我所爱的，也

爱我所恨的。我放下金钱，名利和权势
放下奔波，忙碌和喧嚣，也放下恐惧和慌张

顺着风，顺着雨，顺着冷，也顺着热
顺着亲人的问候，顺着陌生人微笑，顺着天意

手术六年多了，我还活着，活着的每一天
都是最后一天，每一天都是新的。活着真好

## 手术那天

今天要手术，昨天夜里我睡得很香
也许，这是我在人间的最后一觉吧

早上醒来，发现打点滴的手肿得像面包
护士把针扎偏了，她没有道歉，我也懒得计较

十三床的病友要出院了，虽然我们还不是很熟悉
但彼此祝福，他祝我手术顺利，我祝他未来安好

七床好像是个领导，来探视他的人络绎不绝
水果，花篮和红包是必须的，恭维的话让我肉麻

来看望我的不多，一位战友给了五千块的红包
钱多钱少我不在乎，但战友之情还是显得格外沉重

手术时间到了，我起身下地，却有些站立不稳
一边一位战友架着我走，有一种奔赴刑场的感觉

老婆跟在后面，我问她，银行卡密码记住了吧
她笑道，不就是女儿生日吗。众人，哈哈一笑

走进手术室，医护人员都戴着口罩，我无法看清
他们的面目。我能做的，就是坚信他们的职业和情操

我记得，我是上午9点26分35秒被麻醉过去的
醒来的时候，老婆在急切地喊：护士，护士

我抬眼看了看墙上，时钟正指向4点35分16秒
我知道，从昨天上午到今天凌晨，我迈过了鬼门关

凌晨五点，从重症监护室里出来，我看见王红莲，
张鑫生和蒋彤夫妇，老婆说他们一直陪伴到现在

那一瞬间，我泪流满面，感动覆盖了所有的疼痛
我想从今天起，他们不是我的朋友，是我最亲的亲人

# 白桦林

每天，我都要去看一看那片白桦林
有时，会绕着整片林子走上三五圈
有时，会坐在一棵树下，仔细聆听
它们与风霜的交谈，与雨雪的对话

不知道为什么，只要去看一看它们
我就感觉活得挺拔些，活得坚强些

## 夜色

每天，我都要去夜色里走走

往前一步，夜色就推开一点
再往前一步，夜色又推开一点
走着走着，我就成了夜色的部分

那忽远忽近，忽暗忽明的夜色
多像我的爱人，我伸手抚摸

她顺着我，顺着我的温存
夜色里那一丝丝凉意，使我
对生活保持高度的警醒和敏锐

## 夜晚

夜色
虚掩的门
月光跟随着我

她沉湎于《人的宗教》
我把披风搭在她的肩上
她并不回头

我抽身离开
凌晨两点
耶稣在墙上背负着十字架
我看不清他的痛苦

## 墙头草

这一年。老屋被拆
乡愁无处安放。墙还在
墙头上的草还在。雨水丰沛
又有什么关系呢？它们
从未茂密过。衰败

带走了更多的光阴
风吹过去，它们就倒过去
风吹过来，它们又倒过来
风，是它们的依靠。——
风停了，我还在摇摆

## 一条河，穿城而过

一条河，穿城而过
河面宽阔，流水比人心坦荡

一半爱在岸上，一半恨在水中央
暮色苍茫，通往彼岸的桥生死疲劳

桥下河水流淌，不舍昼夜
带走的，不只是时光，还有爱和悲伤

河面上，一个老渔夫在撒网
他要打捞起水中的灯火，和风烛的摇晃

## 草尖上的黄昏

山冈上
有微风吹过，黄昏里
残阳，如洗

坡上的青草
吐露尖利的锋芒
接住落日，辽阔和忧伤

——笛声，悠扬

牛亦老，人亦老，竹笛亦老
唯青山，不老
——夕阳下，我们知多少

# 年关

......

进入十二月，就到年关
寒风，像一根根打了活结的绳
把这卑微的生活，越勒越紧

——善良，真理和信仰正被积雪掩埋

东北乡下，屯子里升起袅袅炊烟
滚锅的水烧开了。杀猪的匠人
手持一把利刃，走村窜屯

他留下的脚印，寒光逼人

## 冬日

天地冷。长白山上
一匹孤狼，坐在落日里
长啸。雪花便落下来
铺满山坡

人间殇。狩猎人
沿着松花江而来，枪声
被流水带走。扛在肩头的狼
咯尽，最后一滴血

——大地起寒霜，尘世苍凉

## 立冬记

最后的秋风，停歇在此岸
等一场雪来，架起通向彼岸的桥

一枚落叶走失了，掉进水里
打破了尘世的平衡与宁静
寒意，随着涟漪被秋水慢慢推开

立冬了。我在湖边散步
草木悲切，湖水萧瘦，雪不大
正好铺陈开深秋的苍茫，和初冬的意象

一个孤独的人，在湖边走久了
湖水，就像一个巨大的陷阱……

## 另一种美

独自。坐在一棵树下
坐在秋天的深处，和孤独里
流云挨着流云，忧郁抱紧忧郁

草木，湖水，雁阵和落叶
沿着光阴，构成一部浩大的词典
我，不过是一个虚词

起风了。又一枚落叶从枝头
走回到地上，它经过我的时候
我们互相致意，彼此的凋零

## 那一小片阳光

关押在这里的，除了他
还有发霉的墙和潮湿的空气
偶尔，会有一小片阳光穿过铁窗

照进来，落在地上
——像一个光明深陷的洞

严刑。拷打。不能使他屈服
他用那一小片阳光驱赶黑暗，温暖
镣铐的冰冷。用那光明深陷的洞

守护着秘密，守护着头顶上
灿烂的星空，和心中的道德法则

多年以后。没有人知道他
也无人追问背叛者。但那一小片
阳光，还照耀着我们

## 雪落般若寺

大雪围困般若寺
一场盛大的白，虚掩了尘世的慌张
衰草隐于山野，寒鸦沉静

红衣僧人推开山门
推开孤寂，香客和冬季一拥而入
愿望与香火，都被佛收走

诵经堂，有人随僧唱经
木鱼敲击的声音，渐入空门
万物安宁，雪落禅境

# 鞋匠

在春城大街的拐角处
没有谁在意，一个修鞋者的命运

风吹过，槐花正香
一人操外地口音的人
手持剪刀针线，反复剪接缝补
把愿望和贫穷修补成了卑微与温顺

修好的鞋，在街上相互踩踏
有的踏进天堂，有的踏在脸上
修鞋人躲在街边，低眉，顺眼
从小鞋匠，成老鞋匠

黄昏，再次降临
修鞋人起身，收拢鞋摊
背起暮色，留下空荡荡的修补声

## 看云

小时候看云
像牛像马，像天上的补丁
像外婆手中的棉花糖

长大后，苦于奔命
没有时间看云。偶尔看一眼
也不识天气，不懂天意

如今老了，时常坐在落地窗前
看云来云往，云生云灭。看着看着
心，就空了

## 感谢春天

这是我见过的最好的春天
春风送暖，阳光明媚，大地初醒
湖水开始荡漾，绿树吐出新芽
白云在山顶上飘荡，山的那边
传来牧童悠扬的笛声……

此刻啊，我只想
埋锅造饭，感谢春天

## 郊外

那时，我们除了爱，别无长物
田野上，我们的爱在太阳雨下
像金色的麦浪荡漾开来，微风十里
愈加澄明，清澈，无边无际

在雨中，我们爱着彼此的爱
阳光下，我们许下彼此的诺

如今，我们老了，儿女们在远方
病榻之上，我们相依相偎，一起坚强
疼痛的时候，我们就回忆那场太阳雨

你说，来生要做我的女儿
我说，来生还做你的爱人

## 照相

冰河一开，春天就从冬天里挣脱出来
她们就迫不及待地，从城市逃逸到乡村
从生活里，逃逸到生活外

她们来到桃树下，桃花就竞相绽放
她们相依湖水边，湖水就碧波荡漾
她们站在春风里，花香就飘向远方

此刻，她们收拢心事，收住忧伤
她们扬起曼妙身姿，掏出满面笑容
一起，交给春天…

## 春野

面对早春，我有种说不出的疼痛
那些死去活来的野草，你们
一定是我的前身

我们都苟活在人间，我们一样卑微
一起被牛羊践踏，一同被野火燃烧
沉默中，我们慢慢地衰老，死去

如果把你埋在土里，等来年春天
你会获得重生。如果把我埋在土里
等来年春天，我也会长成你

# 春山

此刻，我站在故乡的山顶之上
那漫山遍野的衰草还未醒来
村落里升起的炊烟正飘向远方
寂寞的空旷，飘荡在村寨的山梁
贫穷的风景，刻写出村寨的模样

山风徐徐，拂过我的脸庞
藏在心底的往事和疼痛被吹散
一片白云，正好从我头顶飘过
我想伸手摘下，做成一枚书签
夹在唐诗宋词元曲的韵律里
可是，我害怕把故乡的天空
弄出一些，划伤

## 繁花

这些年来，我站在远处
一直偷偷地，爱你
爱你，是我一生最重要的事情

我一直不敢靠你太近
太近了，我怕讨扰到你
我懂的，你的爱和世界需要宁静

有好多回，我想把爱说给你听
可我害怕，说出来，心就空了
我们彼此的生活，也失去了秘密

## 今夜

今夜，我想和你谈一些爱情
要谈的太多，就从风谈起吧

先是，谈一谈风与树的耳语
再来，谈一谈鱼与水的暧昧
往下，谈一谈高山与流水的缠绵
接着，谈一谈土地与庄稼的理想
最后，我想郑重地谈一谈我们
之间的爱情

就谈爱情的春天和秋天吧
夏天和冬天的，就不必谈了
如果必须要谈，那一定会
谈出悲伤，谈出寒冷
谈出泪水，谈出分离

## 南湖散步

忧郁的时候去南湖走走
跟白桦林握手与风儿交流
在水榭廊桥间驻足停留
那蓝天白云　波光粼粼
把淡泊与宁静收入心头

悲伤的时候去南湖走走
那一片湖水在微风里吹皱
平静的湖面荡起了涟漪
城市的繁忙　生活的忧愁
消散在湖水的尽头

寂寞的时候去南湖走走
头上有鸟儿飞过　云彩错落
湖面那船儿悠悠　荷花朵朵
不远处的林荫下飘来了
孩子们的笑声　老人们的欢歌

失恋的时候去南湖走走
湖边的那一条长椅上

曾有初吻的甜蜜　相拥的温柔
如今　唯有湖中青青的水草
还摇曳着爱情的天长地久

有闲的时候去南湖走走
无论是骄阳当空　时光匆匆
抑或是月上枝头　徐徐清风
我都在南湖里头
南湖都在我心头

## 还乡

走在家乡的田埂上
倍感那土地，那牛粪
那禾苗，那清风的温暖

故乡，我对不起你
我已经老了，才回来看你
好在，你不嫌弃你的儿子
你说：回来就好

路边的那些坟茔，埋葬着
我的长辈，我的亲情，还有
我那久远而模糊的记忆
爷爷奶奶叔叔婶娘二姨三嫂
你们在那边：还好吗？

一阵麦浪袭来，一缕炊烟升起
我坐在田埂上，等牧童归来
等夕阳西下，等蛙声响起
等母亲喊我的乳名
喊我：回家！

## 岁月，是流淌的河流

我知道，我会老去，也会死去
但太阳的光辉，月亮的清辉
将永远照耀着我，照耀腐朽的
肉身和不朽的灵魂

在时光流转的河流
我只是那天空飞翔的鱼和云朵
千年之后，依旧永恒。永恒成
那岁月里的流水、卵石和沙子

岁月，是流淌的河流
灵魂是河里千年澎湃的浪花

## 秋雨

一杯清茶，一把摇椅
我躺在午后的秋光里，打开一本书
静静地品尝文字，回忆往事
每一个单词，每一段文字，都是这
秋光最好的佐料

此刻，远山披着薄如蝉翼的雨布
把盛夏的骄阳隔在了山的那边
几滴雨水，从屋檐上飘落下来
秋风在雨滴里打着秋千

我关上书本，从文字里逃离出来
逃进那雨布，哪曾想一滴滴秋雨
就是一颗颗文字
于是，我浑身上下都写满了秋意

## 花开的力量

你用生命的怒放
诉说对春天的渴望
动人的情愫
在花蕊里流淌
漫过风雪　穿越冬霜
震撼心房　抵达春光

## 朗诵

在嵇山尼姑庵，几位盲人尼姑
正在朗诵。我仔细聆听，却什么
也不懂。我问住持，住持说，
她们在朗诵光明

在极乐寺，几位残疾的和尚
正在朗诵。我问住持，他们
为什么残疾，在朗诵什么
住持说，他们是在老山受伤的
他们在朗诵和平

在中国乡村，在破旧的学堂里
几位留守儿童，正在大声地朗诵
他们稚嫩的声音，激荡在乡村的
天空：中国，中国，鲜红的太阳
永不落……

## 往事如雪

那时候，窗外正下着大雪
下得那么认真，那么辽阔

我站在窗前看下雪，也看远方
我们构成的一桢风景，心事重重

许多年以后，我翻出这张照片
往事早已如雪，飘散在风中……

## 亮堂

在城市待久了
一些生活中的美好和不堪都会疲惫
那些日夜闪烁的霓虹灯
虽照亮了眼睛，却黑暗了心境
整个人连同生活都亮堂不起来

于是，深夜里我总是想念乡村
村里的蓝天没有雾霾
村里的空旷更加辽远
连村里的忧伤都比城市的干净

家家户户的那盏小油灯啊
如果呼吸重了，都能熄灭它
它却用柔弱的豆光
照亮了茅草房，点亮了小山村
想想它，我的心就亮堂了

## 按捺不住的春光

最后一场雪，还未飘落
春天，就急匆匆地赶来了

墙角的残雪，等春光来签收
房前的小草开始破土动工
山里的小溪把山沟沟叫醒
几只喜鹊飞上枝头，鸣春

脚手架在早晨的薄雾里升腾
晨曦的光芒剪下蜘蛛人的身影
母亲把存在仓房的种子
请到青石板上接见阳光
父亲把搁在柴房的铧犁
扛到院落里，除去一冬的锈蚀

我站在一片桃林里，掏出
心中的春风和阳光，喊它
开花

## 饮酒

喝什么，都不会醉
喝多少，都保持清醒

一提起爱和明天，我就醉了
泪流满面，不省人事

# 墓园之恋

因为爱。我常到这片墓园

小坐，和远去的故人们闲聊
打发一些旧时光，获取片刻的
归宿，和宁静

许多时候。坐在这里
我成了一个多余的人，或坟墓
更像是一个孤魂。野鬼

——在人间，我早已无立足之地

还记得，他们活着的样子
——卑微，惶恐，局促，令人不安
现在，他们都安静下来了

沉着。内敛。不慌张
宽恕一切，原谅万物，彼此为邻
一起，和时光慢慢老去

可如今。我还在通往
墓园的路上，苦苦跋涉……
路的两旁。人间摇晃

——唯墓碑不朽，沉稳而安详

墓碑后面，一朵野菊花探出头来
在风中轻轻摇曳，绽放的美和微笑
我需要穷尽一生，去领悟……

# 风，掠过一切

从风暴眼逃逸，逃离突然性
越过大海，越过波峰，越过几只水鸟的必然性

抵达土地的辽阔，在彼岸的可能性里
制造着不确实性。掠过一切
掠过普遍性，思想性，高尚性和极端重要性

那些高高在上的事物，在风雨中飘摇
只有离大地最近的野草，还保持着顽石般的

坚定性。它们从未动摇过
对世界的看法，对宗教的敬畏，对美好的向往

在神性的天空里，云卷
云舒。云的现代性飘来飘去……

## 空中对话

飞机上。蓝天有些摇晃
女儿要远行，忽然伤感起来

我对妻子说："难道，
这辈子就这样了？"
妻子莞尔一笑，并不说什么
倒是女儿接过话茬，微笑着：
"爸，你还要上天啊？"

我无言以对。摘下老花镜
扭头看看舷窗外，一朵闲云

飘在空中，无依无靠

## 我更悲伤那些活着的

在影视基地。各种建筑物
表演着旧和沧桑，它们试图
回到老上海时代

百乐门前。一块小绿地
表演着绿和生机，几丛小灌木
已经干枯了，表演着

死亡。我悲伤它们的死
我更悲伤，它们脚下那些
表演活着的草……

## 立秋记

树叶，一枚一枚地飘落

风引领着去向，落叶经过的路途
没有我曲折，但比我遥远

风不大，树叶发出的沙沙声
暴露了小山坡的宁静。整个下午
我和一棵树，背靠背坐着

——时光，慢慢流失

一棵树经历的，我还不能
完全领悟。一棵树将要面对的
我会学着慢慢理解……

——万物轮回。该来的，迟早要来

一棵碗口粗的树，揣着
那么多碗，还要迎着风，咽雨饮雪
而我只需一个碗，盛装饥饿

就够了。又一阵风起
更多的树叶，做出飞翔的姿势
等待。飘零……

我，不过是最轻的那一枚

## 沙后所

一定有沙
沙的后边，一定有一所木房子
房子不大，刚好可以

观海。听潮
沙的前面，是蔚蓝色的大海
大海的前面，是无穷无尽的苍茫

和无边无际的想象
一条白沙滩，落在它们之间

## 赶往桥的那头

在一张纸上，画好银河
在银河上，画好一座鹊桥
在桥的这头，画好织女

——她一定得是，我想要的模样
桥的那头，留着白。任风吹

换一张纸。我继续画
画万水，画千山，画鸟飞绝
最后，画一架天梯

下雪了。我连忙
收起画具，背上行囊赶紧出发
赶往，桥的那头

## 江水浅流

岸抱住水，我抱着你
我们拥抱、亲吻。——像岸与水的交融
江风热烈而迫切，如一根老藤缠绕
光阴

我们越抱越紧
——上帝会原谅有爱的人
夜色，渔火，断桥也会原谅我们
江水浅流，奔腾而欢悦
越过山峦，越过平原，越过浅滩，越过
水莲花的娇羞

我们沿着江水
风动的裙边，追寻旧时光和远去的爱
一条江要走远，走多少弯路
才能抵达终点。——
抵达即死亡，唯大海重生

江水澄明，我们的爱互涉

并不深。墨绿而温柔的水草,顺水轻摇
我们的爱,早已被流水带走
——唯此岸坚韧,彼岸不朽

## 我还在不停地颤抖

日出。云海。金顶。我
这些不相干的事物，构成了
最完整的佛教风景。——
我使我成为神的部分

一个无神论者，突然相信有神
这多么荒谬，又多么奇妙。——
上帝啊，真的能包容，理解，宽恕万物

云海深处。祈祷的钟声响起
响一下，我颤抖一次
再响一下，我再颤抖一次
······
钟声停了，我还在不停地颤抖

## 新年献词

流尽最后一滴泪，含着笑
吞下最后一口酒，忍住不哭
抽完最后一支烟，慢慢直起身来
向 2018 挥手作别。和往事，一刀两断

走进 2019。许多事都不能预设，或者确定
那就像溪流一样吧，能走多远就走多远
纵使断流了，也要保持流淌的姿势
蒙住脸，在大地上匍匐……

## 生活叙事

一滴泪。收紧走失的哭声
一滴泪。兜住简陋的生活

一滴泪，落在一滴泪上
更多的泪，落在前面的泪上
汇成溪流，江河，和大海

曾经。在汪洋的生活里
我也心潮澎湃，梦想扬帆远航
只是风，吹反了方向……

## 小寒叙事

武昌。汉口。汉阳
像三兄弟，抱着一条大江
几千年不撒手，任凭光阴和故事流走

小寒。站在长江二七桥上眺望
远处是长江二桥，更远处是长江大桥
大桥以远，是无尽的苍茫

珞珈山。高出江面，高过人间
却高不过樱花烂漫，和烂漫之上的虚空
山下。繁华落尽，流水已远……

江边。石头像思想者
有水鸟飞翔，却飞不出江面和小寒
一个打鱼人，在用竹篮打水

在武汉。我是个走失的人
流水向南，我向北。我与长江
道不同，不相为谋

## 腊八叙事

人到中年，穿越半生
从苦海取来一瓢水。加入苦楝，苦丁，苦参
佐以黄芪，黄连，黄芩和黄柏。腊八时节
放入铁罐，置于火塘上，用慢火熬……

父亲母亲分坐火塘两边，并不言语
塘火照映着他们的脸庞。沧桑，慈祥而宁静
我不断往火塘里添柴，火苗舔着铁罐
伴着咕噜咕噜的煮音，时有粥汤溢出来
挂在铁罐外沿，像多年前挂在父母脸上的泪行

父亲说熟了吧。母亲说再熬一熬
——他们好像一生都不会达成某种统一
除了爱我们，和爱我们的孩子
妻子拿来土碗和勺子，为我们盛粥
掀开锅盖，粥香伴着药香溢出来……

# 第四辑 深情在读：

## 一盏永不熄灭的爱国明灯

## 大吉祥

此刻，人间是如此的安静和辽阔
风停在叶间，云挂在天上，湖水蓝在湖里
我的母亲啊，在远方。她老了，早已经不起
风吹草动……

祥云之下，我转动经筒，大声地朗诵
朗诵光明，朗诵和平，朗诵幸福，祈祷
我的母亲吉祥，我的祖国安康

## 补钙，补钙

在深秋的入口，西风一来
我就咳嗽，抽筋，掉发，冒虚汗
西风再来，带走了骨头里的钙
肉身软弱，让我骨贱，猥琐和无耻

走进中医堂，寻医问药
一鹤发老者，捻须搭脉，嘱曰
舀长江，黄河之水一瓢
采三山，五岳之石二两
取秦砖，汉瓦之魂三克
称唐诗，宋词之韵四钱
佐以南海蓝，青藏青，长白白
置三昧真火之上，熬七七四十九天
熬出中国药香，味道，气派和力量
跪拜三皇五帝，举青花大碗，豪饮

饮罢，耳聪目明，神清气爽，经络通畅
再饮，元气上升，正气凝聚，骨头坚硬
丹田，凝聚天地正气

胸中，汇集梦想信仰
从此，坐如钟，站如松，行如风
在祖国的塬上，我要活出中国气派

## 母亲在，故乡就在

昨夜，我梦回故乡
梦见和母亲的过往

昨夜，我梦回故乡
梦见母亲在月光下为我缝制新衣裳
母亲说：儿子，妈明天送你上学堂
我问母亲：妈，学堂是什么样？
母亲说：那是教会你长大的地方
我依偎在母亲的身旁
看母亲俊俏的模样
那时的母亲真是年轻漂亮

昨夜，我梦回故乡
梦见母亲在村里的青石板上扬场
那黄金树条编织的栲栳在母亲手里轻扬
金灿灿的粮食就映红了母亲的脸庞
脸庞里饱含着丰收的喜悦和生活的希望
母亲说：儿子，家中有粮，心里不慌
我帮着母亲往家里运粮

那时的母亲真是贤淑善良

昨夜，我梦回故乡
梦见我当兵走时母亲送我送到村口旁
在柏杨树下母亲帮我正军帽理军装
母亲说：儿子，好男儿要志在四方
我满眼泪水：妈，儿子不会让你失望
母亲说：儿子，男人要有理想有信仰
话语里充满了笃定与坚强
那时的母亲真是落落大方

昨夜，我梦回故乡
梦见母亲在老屋的厨房里不停地忙
糙米饭、南瓜汤，还有腊肉和香肠
碱手馍、豆瓣酱，烀辣子炒肉香断肠
母亲问：儿子，妈老了，饭菜做的咋样？
我说：妈，和三十年前的一样饽饽香
沧桑岁月改变了母亲的模样
如今的母亲已是白发苍苍

昨夜，我梦回故乡
梦见母亲躺在了医院的病床上

胃溃疡、低血糖，还有那老年白内障
把我心爱的亲爱的母亲折磨得不成样
母亲说：儿子，别耽误了工作，你去忙
母亲啊母亲，这个时候你还在为我着想！
我静静地守在母亲的病床旁
如今的母亲俨然满是慈祥

昨夜，我梦回故乡
梦见母亲依旧在村口守望
在风雨中守望，守望对儿子的念想
在岁月里守望，守望对儿子的希望
守望成一帧风景，一尊不朽的雕像
村口那棵历经千年洗礼的柏杨
请您日夜守候在我母亲的身旁
直到她在外漂泊的儿子回到故乡

昨夜，我梦回故乡
梦见故乡的蛙鸣和稻香
梦见故乡的牧童和夕阳
梦见故乡的青草和麦浪
梦见故乡的泥土和柏杨
梦见故乡的村落和瓦房

还有那长满苔藓的青石巷
巷子的尽头，是满头白发的亲娘
……

昨夜，我梦回故乡
梦见母亲还在村口守望
守望久别的儿子回到她身旁……

# 家乡的邮包

父母寄来的邮包哟
鼓鼓囊囊
里面装满了嫩竹笋、干酸菜和豆瓣酱
还有我儿时爱吃的四川腊肠
细细打理哟，乡情在十指间流淌
炒一小碗哟，乡音在耳畔回响
炖一大锅哟，乡味在满屋里飘香
喝一口家乡老酒哟
醉得人梦里回故乡

媳妇寄来的邮包哟
鼓鼓囊囊
里面装满了相思豆、连里枝和俏槟榔
还有我时时想念的儿女模样
深情触摸哟，爱意在心间徜徉
凝目远望哟，媳妇在村头盼情郎
离别恨苦哟，思念的泪水成两行
哼一曲走西口哟
哥想媳妇想得慌

大陆寄来的邮包哟

鼓鼓囊囊

里面装满了南国风、东北雪和陕秦腔

还有我日夜向往的万里长江

澎湖湾里哟，能听到黄河的回响

日月潭边哟，有京韵在低吟浅唱

阿里山上哟，眺望到咱祖先炎黄

唱一首大中华哟

两岸明天共太阳

# 早安，乌镇

早安，青墩，乌墩
墩上六千年的时光与风霜，黄历与沧桑
早安，绕墩而行的流水，流水间的安静与清冽
承接历史的白墙黛瓦，转合光阴的石板幽巷
早安，巷里的三月烟雨，雨中伞下的少女少娘

早安，东栅，南栅，西栅，北栅
晨曦与晚霞，朝夕拉长的栅影
早安，栅间笑容可掬的杭白菊，花间来回踱步的秋风绕
栅里的潮土，土生土长的植物和乡音
早安，生生不息，世世代代的传承

早安，静水微澜的金牛塘，白马塘，康泾塘，长安塘
和遗落在水中的春秋倒影，唐宋遗风，民国气象
早安，烟雨弥漫的含山塘，灵安塘，羔羊塘、西圣埭塘
和荡漾塘上的白云，云中的飞鸟，跌落的鸟鸣
早安，塘里的采莲妹，打鱼郎
和那经久不绝的情歌对唱

早安，通济桥，仁济桥，应家桥，太平桥，沉默千年的桥语

仁寿桥，永安桥，福兴桥，浮澜桥，桥上看风景的人
早安，梯云桥，利济桥，逢源双桥，桥下舒缓轻缦的流水
水下的石头，水上的苔藓，水边的蒿香，水中的桥影
早安，穿桥而过的乌篷船，船头摇橹的风

早安，江浙分府，府邸三百年光阴荏苒
民俗馆里说不完的元宵走桥、清明香市、立夏秤人
道不尽的天贶晒虫、中元河灯、冬至祭祖
早安，百床馆，马蹄足大笔管式架子床，拔步千工床
江南木雕陈列馆，宏源泰染坊，坊间的大工匠
早安，余榴梁钱币馆，汇源当铺里最后一个伙计

早安，文昌阁，阁下的河埠边，停泊的小摇船
昭明书院，书香如兰，古树无言
早安，古戏台，修真观，观上一算盘，下书一对联
乌镇大戏院，传唱千年的江南小曲，丝竹软语
早安，茅盾故居，林家铺子，黄金水岸上的灯景

早安，白水鱼，三白酒，姑嫂饼，手工酱，熏豆茶，茶香三十里
早安，红烧羊肉，三珍酱鸡，乌镇定胜糕，糕中老味道
早安，乌锦，丝绵，篦梳，蓝印花布，湖笔，笔下大春秋
早安，萧统，茅盾，鲁迅，沈约，李绅，裴休，沈平，范成大
早安，赵伯，茅坤，沈东溪，李乐，鲍延博，严辰，夏同善

早安，这些虽死犹生的先哲
早安，这些名贯中西的后学

早安，乌镇
乌镇，早安

## 中国旗帜

天空辽阔而澄明。我看见一面旗帜
高高飘扬。迎着风，猎猎作响
——向世界宣示：中国，进入新时代
旗帜的红，热烈，自信而宽广
镰刀的黄，唯美，庄重而铿锵
一柄坚硬的锤头，闪耀着新时代光芒
劈开新天地，劈出新辉煌

我赞美这面旗帜。98 年前
这面从嘉兴烟雨中举起的旗帜
乘南湖红船，劈波斩浪，踏歌而行
一群衣衫褴褛的人们，信念坚定
把娄山关，赤水河，泸定桥，瓦窑堡
谱写成，一首首经典的歌谣
把挑粮小道，雪山草地，进京赶考
走成了，一个个不朽的传说
把旗帜插在南昌城头，井冈山上，黄土高坡
——960 多万平方公里的辽阔，红旗漫卷
五星红旗在天安门城楼上，迎风飘扬
——中国，站起来了！

屹立于，世界的东方

我知道。这旗帜上有梦想
用千万个生命凝聚，亿万吨血汗浓缩
的旗帜啊！经得起风吹雨打和历史的拷问
一代又一代共产党人，理想高远
带领全国各族人民改革开放，奔向小康
——"摸着石头过河"
在崎岖的道路上，顽强坚守，独领风骚
开辟出一条中国特色社会主义道路
风景，这边独好。世界为之瞩目
——中国，富起来了！

我歌颂这面旗帜。撑旗人
伟岸韬略，高瞻远瞩，向世界庄重宣布：
"中国，进入了新时代！"
——开启新征程，续写新篇章，开创新辉煌
当代共产党人，不忘初心、牢记使命
"为人民谋幸福、为民族谋复兴"
把人民放在心中，责任担在肩上
中国梦，筑梦云端，撸起袖子加油干
确立"两个阶段"发展战略，给人民一个承诺
——中国，强起来！

以发展为己任，构建人类命运共同体
世界梦，惠梦天下，描绘共赢蓝图
秉持共商共建共享的治理观，给世界一个承诺
——共同创建人类美好未来！

新时代已经来临，新宏图已经铺陈
在旗帜的引领下，八千九百万共产党人
再次出发出征，再次赶路赶考
豪迈地走在中华民族伟大复兴路上
胸怀理想，目光坚毅，风雨兼程。——
没有什么能够阻挡。他们坚信：
人民，因祖国而荣耀！
世界，因中国而美好！

## 中国书签
### ——向党的十九大胜利召开献礼

从历史的长河里，截取一段时光
一段最美好的光景，在风雨中被历史擦亮
五年，一个动人的数词闪着光辉
那么短，短到每一个人都可以跨越
那么长，长到每一个人都不会忘却
用五年的风景，制成五张精美的书签
正面打上中国结，背面书写中国梦
——中国梦，民族梦，世界梦，我的梦

书签上飘扬着中国旗帜
红色旗帜引领红色中国
在实现中华民族伟大复兴路上
不忘初心，砥砺前行
以人民为中心，把责任扛在肩上
以改革为使命，让理想照进现实
以攻坚为己任，撸起袖子加油干
古老的中华民族，焕发出蓬勃生机
沉睡的东方雄狮，爆发出惊天怒吼
镰刀磨砺信仰，斧头锤打信念，灼灼之光
照亮现实与梦想，照耀时代与远方

书签上蜿蜒着中国道路
从胜利走向胜利，从辉煌迈向辉煌
共产党人敢于拓荒，在没有路的地方开辟道路
跨过湖泊，河流和大海，路在浪花里舞蹈
翻过沙漠，戈壁和群山，路在大地上前行
穿过风雨，雷电和云朵，路在天空中延伸
思想之路，理论之路，实践之路，浪漫之路
——中国特色社会主义道路
在人类最迷茫的时候，指明了前进的方向
沿着这条路，把中华民族带到了崭新的高度
在世界的东方，巍然屹立

书签上激荡着中国声音
一个古老民族发出的新声音
那么铿锵，那么洪亮，那么激越
风儿放慢脚步，鸟儿停止飞翔，花儿关闭芬芳
整个世界都安静下来，侧耳倾听
听我们用中国声音，讲述中国故事

听我们用中国智慧，提出中国方案
听我们用中国水墨，写意中国蓝图
——构建人类命运共同体和利益共同体
坚定而浑厚的声音，穿越信仰，跨越文明
在丝绸之路上飘扬，在一带一路上回响

不同肤色的人们，微笑着用汉语说：
中国，我爱你！我爱你，中国……

书签上洋溢着中国幸福
苦难被流水带走，贫穷被春风吹散
古老的神州，青山连着青山，温暖挨着温暖
辽阔的大地，自由在歌唱，幸福在生长
每一株草，都沐浴着阳光
每一棵树，都享受着雨露
每一个人，都有尊严地活着
活得自觉，自尊，自信。——
中国引领世界，未来属于中国

书签上描绘着中国蓝图
站在新的起点，开启伟大征程
各族人民会聚一堂，凝聚共识汇集力量
在十里长安街，铺开崭新的历史画卷
水墨丹青抒胸臆，宏大叙事图伟业
宣示中国意志，中国决心，中国气派
在实现中华民族伟大复兴中国梦的路上
五十六个民族手挽手，心连心，团结起来
风雨兼程，奋勇向前，前进，前进，前进进……

## 一盏永不熄灭的爱国明灯

一

春天就要来了，你却走在了春天的前面
为春天探路，打探一朵花的消息
故乡的朱槿开了，你喜欢的那一朵
被安放在你的枕边，花香带你回到故乡
回到桂东南六万大山里
回到你久别的
父亲、母亲身边——
生为尽忠，死为尽孝
放下奔忙，你沉睡在鲜花和松柏中
告别的人满怀敬仰
用悲伤挨着悲伤
你的亲人们在低鸣，抽泣
他们试图用哭泣唤醒最难舍离的你
这世间，没有什么比骨肉分离，亲情断裂
更让人疼痛难挨的了
所有的文字，都写不尽你的辽阔
所有的讲述，都说不尽你的精彩
所有的悼词，都讲不尽你的人生

哦，大年兄！（请允许我这样称呼你）
我需要用《诗经》里哪一种植物
描写你，赞美你，才能让你再次葳蕤


二


在东北平原上，我独自行走
雪地苍茫，暮色辽阔
却走不出与你告别的痛楚
风在雪线上舞蹈，从远方吹向远方
我在哀思中，追问你的忠诚
祖国，这个轻唤一声都让人垂泪的名词
根植于你的心田，枝繁叶茂
你常念父母的教诲：
"儿子，你要记住，
你可不孝，但不可不忠，你是有祖国的人！"
——平凡的父母养育了伟大的儿子，他们
都是对祖国有大贡献的人
你常对同事说："我从未与祖国分开，
只要祖国需要，我必全力以赴！"
你常对学生们讲：
"我是国家培养出来的！

我的归宿在中国！"
哦，大年兄，
你唱得最响亮、最质朴的歌，是那首
"我爱你，中国；我爱你，中国……"


三


再次打开日历
打开那一天的记忆
2009 年 12 月 24 日
星期四，己丑年，农历冬月初九
大雪，气温骤降的平安夜
这一天，你结束了 18 年的海漂生活
这一天，你赶在圣诞节之前回到了祖国
这一天，长春机场用一场大雪迎接着你
每一朵雪花都在盛开
那么热烈！那么盛大！那么高洁！
迎着寒风，你站在舷梯上高喊：
"祖国，我回来了！"
知情的人，都向你投去敬仰的目光
他们懂你的情怀和梦想
他们看到你心中，熊熊燃烧的火焰

那火焰，将使一个民族振奋
将一个古老的国家送到一个崭新的高度
你伸出双臂拥抱着祖国
飘落的雪花，在你的掌心中缓缓融化
你的眸子柔情似水，温暖如春
在这个逐利的时代，你心静如水，从来
不向组织要职称，要职务，要荣誉，要待遇
你只向天空要一块蓝
缝补国家的空白
你只向大海要一朵浪
浸润民族的心田
你只向地球要一抔土
垫起人类的高度


四


夕阳西沉，暮色向晚
迎春花，开了
今夜，却要在一棵银杏树下等你
等你来，我们谈康德，谈我们
头顶上灿烂的星空
我们心中崇高的道德标准

我要安静下来，聆听你的见解
你说：
"作为中国人，
无论你在国外取得多大成绩，
而你所研究的领域在自己的祖国
却有很大的差距甚至刚刚起步，
那你都不是真正意义上的成功"
你说：
"我妻子的医学梦败给了我的中国梦"
你说：
"回想当初的选择，我没有后悔过"
你说：
"从国家需要和冲向世界一流看，
我们虽然努力了，但还很不够，还有距离"
你说：
"若能做一朵小小的浪花奔腾，
呼啸加入献身者的滚滚洪流中
推动人类历史向前发展，
我觉得这才是一生中
最值得骄傲和自豪的事情"
……
我在听，我在听……

## 五

春天来了，和风吹过文化广场
浅草青青，白鸽飞翔
陌生人的笑容，在春风里荡漾
行走的人们放缓脚步，转头向地质宫张望
一盏永不熄灭的明灯，散发着耀眼的光亮
御花园里，我摘下朵朵杏花
收拢散落的月光，酿一坛好酒
大年老师，等你回来
我们把酒长谈，叙旧情，醉春风
再歌一曲：
"我爱你，中国；我爱你，中国……"